Just One Itsy Bitsy Little Bite
Sólo una mordidita chiquitita

By / Por

Illustrations by / Ilustraciones de

Xavier Garza

Flor deVita

Translation by / Traducción de

Gabriela Baeza Ventura

PIÑATA BOOKS

Piñata Books
Arte Público Press
Houston, Texas

Publication of *Just One Itsy Bitsy Little Bite* is funded in part by grants from the City of Houston through the Houston Arts Alliance, the Clayton Fund Inc. and the Texas Commission on the Arts. We are grateful for their support.

Esta edición de *Sólo una mordidita chiquitita* ha sido subvencionada en parte por la Ciudad de Houston por medio del Houston Arts Alliance, la Clayton Fund Inc. y la Texas Commission on the Arts. Les agradecemos su apoyo.

Piñata Books are full of surprises!
¡Piñata Books están llenos de sorpresas!

Piñata Books
An Imprint of Arte Público Press
University of Houston
4902 Gulf Fwy, Bldg 19, Rm 100
Houston, Texas 77204-2004

Cover design by / Diseño de la portada por Bryan Dechter

Cataloging-in-Publication (CIP) Data is available.
Los datos de catalogación de la Biblioteca del Congreso están disponibles.

♾ The paper used in this publication meets the requirements of the American National Standard for Permanence of Paper for Printed Library Materials Z39.48-1984.

Printed in Hong Kong on March 2018–June 2018
by Book Art Inc. / Paramount Printing Company Limited
7 6 5 4 3 2 1

This book is dedicated to the memory of my father Margarito Garza.
You are forever remembered and loved.
—XG

To my father Roberto Amaro Hernández.
—RCM

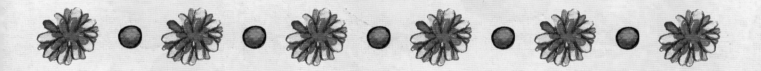

Le dedico este libro a la memoria de mi padre Margarito Garza.
Siempre te recordamos y te queremos.
—XG

Para mi padre, Roberto Amaro Hernández.
—RCM

"I love *pan de muerto*," says Joaquín as he and his mother sit down to eat some freshly baked Day of the Dead bread.

"I'm glad you like it," says his mom. "It was always your father's favorite."

Just as they are about to take their first bite of the sweet-tasting bread, someone knocks at the front door.

"Who's there?" asks Joaquín.

—Me encanta el pan de muerto —dice Joaquín cuando él y su mamá se sientan a comer pan de muerto recién horneado.

—Qué bueno que te gusta —dice su mamá—. Era el pan favorito de tu papá.

Justo cuando está a punto de darle la primera mordida al delicioso pan, alguien toca la puerta de entrada.

—¿Quién está allí? —pregunta Joaquín.

"I'm a tired and hungry soul looking for some *pan de muerto* to eat," they hear a ghostly voice say.

"Day of the Dead bread? We have some to share," Joaquín announces as he runs to open the door.

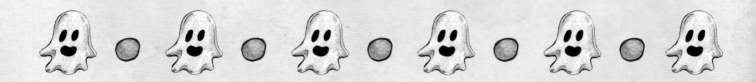

—Soy un alma cansada y hambrienta en busca de pan de muerto para comer —escuchan decir a una voz fantasmagórica.

—¿Pan de muerto? Nosotros tenemos para compartir —anuncia Joaquín mientras corre a abrir la puerta.

"Joaquín, wait," warns his mom. "Don't open the door to strangers."

But it is too late. A skeleton wearing a big sombrero and holding a microphone strolls in through the open door.

—Espera, Joaquín —advierte su mamá—. No le abras la puerta a los extraños.

Pero es demasiado tarde. Un esqueleto con un sombrero grande y un micrófono en la mano entra por la puerta abierta.

"You said you can share some *pan de muerto*?"

"Sure," says Joaquín.

"No, Joaquín," his mom says. "We don't know this skeleton. You're not supposed to talk to strangers."

"But he is so skinny, Mom! He's all bones. He must be very, very hungry."

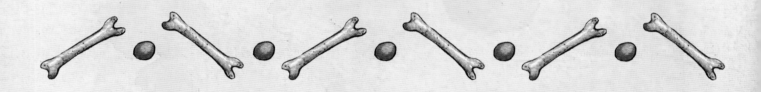

—¿Dijiste que puedes compartir pan de muerto?

—Claro —dice Joaquín.

—No, Joaquín —dice su mamá—. No conocemos a este esqueleto. No debes hablar con extraños.

—¡Pero está tan flaquito, Mamá! Es puro hueso. Seguramente tiene mucha pero mucha hambre.

"What if I sing a song for you in exchange for just one itsy bitsy little bite of your Day of the Dead bread?" asks the skeleton.

"Just one itsy bitsy little bite?" repeats Joaquín.

"Yes," says the skeleton. "Just one itsy bitsy little bite."

"That sounds fair," says Joaquín's mom.

Hearing this, the skeleton jumps up on the kitchen table and is about to sing, when two more skeletons come into the house carrying accordions in their boney hands.

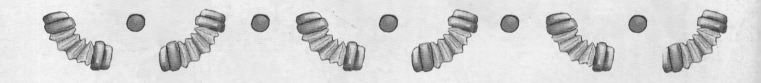

—¿Y si les canto una canción a cambio de sólo una mordidita chiquitita de su pan de muerto? —pregunta el esqueleto.

—¿Sólo una mordidita chiquitita? —repite Joaquín.

—Sí —dice el esqueleto—. Sólo una mordidita chiquitita.

—Me parece justo —dice la mamá de Joaquín.

Al escuchar esto, el esqueleto se trepa encima de la mesa de la cocina y cuando está a punto de cantar, entran otros dos esqueletos cargando acordeones en sus manos huesudas.

"Is that *pan de muerto* we smell?"

"Yes, it is," says the first skeleton. "And they have promised to give me an itsy bitsy little bite if I sing them a song."

"We want some, too," say the two skeletons. "Can we play our accordions for you?"

"For just one itsy bitsy little bite?" repeats Joaquín.

"Yes," they say, "just one itsy bitsy little bite each."

"That sounds fair," says Joaquín's mom.

The two skeletons also jump up on the table and are about to play their accordions, when three more skeletons come in with guitars in their boney hands.

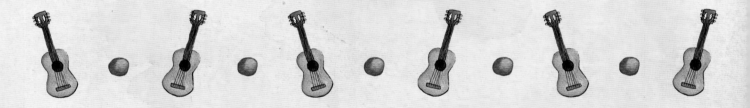

—¿Es pan de muerto lo que olemos?

—Sí, lo es —dice el primer esqueleto—. Y me prometieron una mordidita chiquitita si les canto una canción.

—Nosotros también queremos —dicen los dos esqueletos—. ¿Podríamos tocar el acordeón para ustedes?

—¿Por tan sólo una mordidita chiquitita? —repite Joaquín.

—Sí —dicen—, sólo una mordidita chiquitita para cada uno.

—Me parece justo —dice la mamá de Joaquín.

Los dos esqueletos también se trepan encima de la mesa y cuando están a punto de tocar sus acordeones, entran otros tres esqueletos con guitarras en sus manos huesudas.

"Is that *pan de muerto* we smell?"

"Yes, it is," says the first skeleton. "And they have promised to give us an itsy bitsy little bite if we play for them."

"We want an some, too," say the three skeletons. "Can we play our guitars for you?"

"For just one itsy bitsy little bite?" repeats Joaquín.

"Yes," they say, "just one itsy bitsy little bite each."

"That sounds fair," says Joaquín's mom.

The three skeletons also jump up on the table and are about to play, when four more skeletons come in shaking maracas in their boney hands.

—¿Es pan de muerto lo que olemos?

—Sí, lo es —dice el primer esqueleto—. Y nos prometieron una mordidita chiquitita si les cantamos una canción.

—Nosotros también queremos —dicen los tres esqueletos—. ¿Podríamos tocar la guitarra para ustedes?

—¿Por tan sólo una mordidita chiquitita? —repite Joaquín.

—Sí —dicen—, sólo una mordidita chiquitita para cada uno.

—Me parece justo —dice la mamá de Joaquín.

Los tres esqueletos también se trepan encima de la mesa y cuando están a punto de tocar sus guitarras, llegan otros cuatro esqueletos sonando maracas en sus huesudas manos.

"Is that *pan de muerto* we smell?"

"Yes, it is," says the first skeleton. "And they have promised to give us an itsy bitsy little bite if we play for them."

"We want some, too," say the four skeletons. "Can we play our maracas for you?"

"For just one itsy bitsy little bite?" repeats Joaquín.

"Yes," they say, "just one itsy bitsy little bite each."

"That sounds fair," says Joaquín's mom.

The four skeletons also jump up on the table and are about to play their maracas, when five more skeletons dance in, wearing flamenco dresses.

—¿Es pan de muerto lo que olemos?

—Sí, lo es —dice el primer esqueleto—. Y nos prometieron una mordidita chiquitita si les tocamos una canción.

—Nosotros también queremos —dicen los cuatro esqueletos—. ¿Podríamos tocar las maracas para ustedes?

—¿Por tan sólo una mordidita chiquitita? —repite Joaquín.

—Sí —dicen—, sólo una mordidita chiquitita para cada uno.

—Me parece justo —dice la mamá de Joaquín.

Los cuatro esqueletos también se trepan encima de la mesa y cuando están a punto de tocar las maracas, entran bailando otros cinco esqueletos vestidos de flamenco.

"Is that *pan de muerto* we smell?"

"Yes, it is," says the first skeleton. "And they have promised to give us an itsy bitsy little bite if we play for them."

"We want some, too," say the five skeletons. "Can we dance to the music for you?"

"For just one itsy bitsy little bite?" repeats Joaquín.

"Yes," they say, "just one itsy bitsy little bite each."

"That sounds fair," says Joaquín's mom.

The five skeletons also jump up on the table and begin to dance as the others play beautiful music.

—¿Es pan de muerto lo que olemos?

—Sí, lo es —dice el primer esqueleto—. Y nos prometieron una mordidita chiquitita si les tocamos una canción.

—Nosotros también queremos —dicen los cinco esqueletos—. ¿Podríamos bailar para ustedes?

—¿Por tan sólo una mordidita chiquitita? —repite Joaquín.

—Sí —dicen—, sólo una mordidita chiquitita para cada uno.

—Me parece justo —dice la mamá de Joaquín.

Los cinco esqueletos también se trepan encima de la mesa y empiezan a bailar mientras los otros esqueletos tocan una bella canción.

The skeletons all put on a wonderful show! They sing loudly, play their accordions, strum their guitars, shake their maracas and sway their skirts. *¡Ajúa!* As soon as their song is over, they all sit down to eat their reward: delicious *pan de muerto*.

¡Los esqueletos hacen un show maravilloso! Cantan muy fuerte, tocan los acordeones, rasguean las guitarras y ondean los vestidos. ¡Ajúa! En cuanto termina la canción, se sientan para devorar su premio: delicioso pan de muerto.

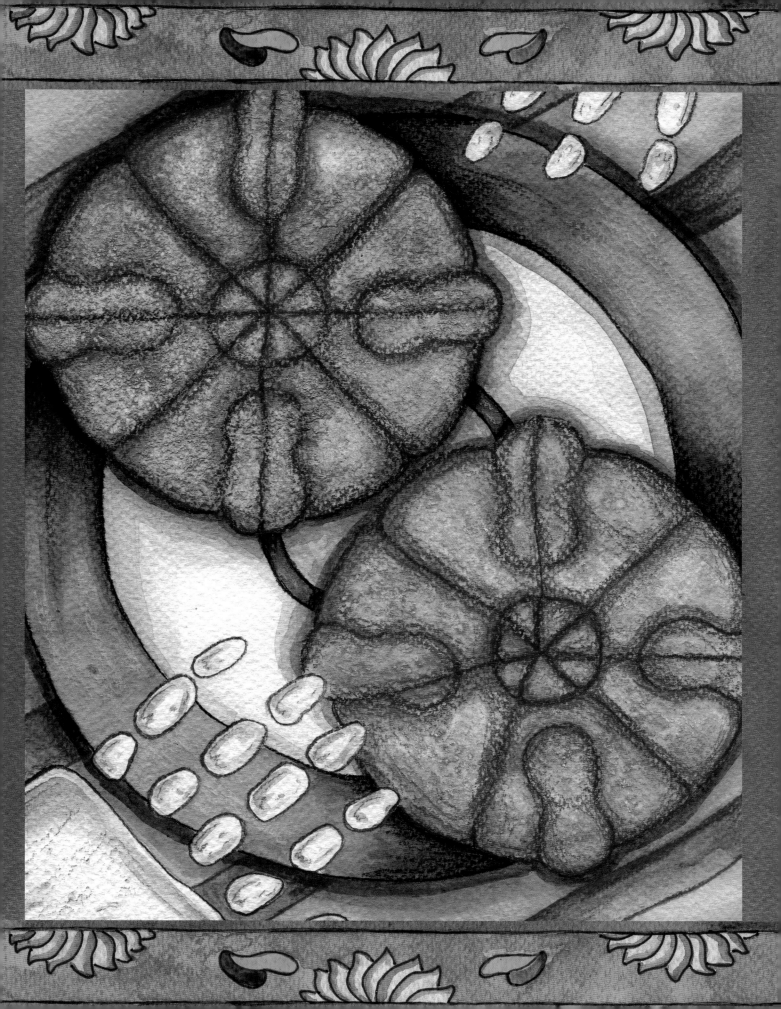

One by one, each skeleton takes an itsy bitsy little bite of the Day of the Dead bread.

"That was the best *pan de muerto* we have ever had. Our compliments to the baker!" they shout as they walk out the door and wave goodbye.

Uno por uno, cada esqueleto le da una mordidita chiquitita al pan de muerto.

—Es el mejor pan de muerto que hemos comido. ¡Felicidades al panadero! —gritan al salir de la casa, despidiéndose con las manos.

"They ate all of it!" cries Joaquín.

"It's okay," says his mom. "Don't cry."

"But, Mom, it's all gone. They didn't even leave an itsy bitsy little bite!"

—¡Se locomieron todo! —llora Joaquín—.

—Está bien —dice su mamá—. No llores.

—Pero, Mamá, ya no hay nada. ¡No nos dejaron ni siquiera una mordidita chiquitita!

"Are you sure they ate all of it?" his mom asks, smiling as she pulls out a tray of fresh bread from the oven.

"Mmmm! It smells so good," says Joaquín, his mouth watering.

—¿Estás seguro que se comieron todo el pan? —pregunta su mamá, sonriendo mientras saca una bandeja de pan calientito del horno.

—¡Mmm! Huele tan rico —dice Joaquín y se le hace agua la boca.

"Let's sit down at the table to eat a piece," says his mom. "But before we do that, isn't there something you should do first?"

"What?"

"Shut the door, Joaquín! We don't want any other hungry visitors."

And they both savor their *pan de muerto* without any more interruptions.

—Sentémonos en la mesa a comer un pedazo de pan —dice su mamá—. Pero antes de eso, ¿hay algo que deberías hacer?

—¿Qué?

—¡Cierra la puerta, Joaquín! No queremos más visitantes hambrientos.

Y ambos disfrutan de su pan de muerto sin más interrupciones.

Xavier Garza was born in the Rio Grande Valley of Texas. He is an enthusiastic author, artist, teacher and storyteller whose work is a lively documentation of life, dreams, superstitions and heroes in the bigger-than-life world of South Texas. He is the author of numerous books, including *Creepy Creatures and Other Cucuys* (Piñata Books, 2004); *Juan and the Chupacabras / Juan y el chupacabras* (Piñata Books, 2006); *Lucha Libre: The Man in the Silver Mask* (Cinco Puntos Press, 2005) and *Maximilian and the Mystery of the Guardian Angel* (Cinco Puntos Press, 2011). He has received numerous prestigious awards, including Tejas Star Book Award, Pura Belpré Honor Book, Américas Award Commended Title and the Texas Institute of Letters Jean Flynn Children's Book Award. Xavier Garza lives with his family in San Antonio, Texas.

Xavier Garza nació en el valle del Río Grande en Texas. Es un entusiasta escritor, artista y cuentista cuya obra es una entretenida documentación de la vida, los sueños, las supersticiones y los héroes del mundo extraordinario del sur de Texas. Es autor de numerosos libros, entre ellos *Creepy Creatures and Other Cucuys* (Piñata Bookss, 2004); *Juan and the Chupacabras / Juan y el Chupacabras* (Piñata Books, 2006); *Lucha Libre: The Man in the Silver Mask* (Cinco Puntos Press, 2005) y *Maximilian and the Mystery of the Guardian Angel* (Cinco Puntos Press, 2011). Ha recibido prestigiosos premios como the Tejas Star Book Award, Pura Belpré Honor, Américas Award Commended Title y Texas Institute of Letters Jean Flynn Children's Book. Xavier vive con su familia en San Antonio, TX.

Flor de Vita was born in Veracruz, Mexico, where she found her passion for painting and writing, influenced by nature, Mexican traditions and the folktales that she heard from her mother while growing up. She graduated with a BA in Animation and Digital Art, and then specialized in children's book illustration and writing. She is now a writer and illustrator with two self-published books, *Sirenas* and *Ix Chel*. She currently resides in Jalisco, Mexico, where she works on new projects full of color and Mexican flavor.

Flor de Vita nació en Veracruz, México, donde encontró su pasión por la pintura y la escritura a través de la influencia de la naturaleza, las tradiciones mexicanas y los cuentos que escuchó de su madre mientras crecía. Se tituló en Animación y Arte Digital y después se especializó en la ilustración y escritura de libros infantiles. Ahora es autora e ilustradora de dos libros autopublicados *Sirenas* e *Ixchel*. En la actualidad vive en Jalisco, México, y está trabajando en proyectos nuevos llenos del color y sabor mexicano.